인생을 접어 가방에 담다

인생을 접어
가방에 담다

윤광일 지음

좋은땅

서문

매일 아침 눈을 뜨면 주어지는 인생 여정 길에서 저 멀리 흐릿하게 다다라야 할 푯대가 펄럭인다.

신발 끈을 조여 매고 혼신의 힘을 다해 더듬어 가야 한다.

가는 길목마다 열려 있는 갈림길에서 선택의 기로에 놓인다.

어느 길을 선택하느냐에 따라 종착지에서 거둘 성과는 달라질 것이다.

올바른 선택이 이어져 인생 여정 길을 잘 마친다면 행복한 인생이 되지 않을까.

그 선택은 주변의 도움을 받기도 하지만 오롯이 자신의 몫이다.

자신의 지혜와 역량을 키워 헤쳐 나가는 수밖에 없다.

내일 또 펼쳐지는 인생길에서 기로의 문에 섰을 때 오류의 길, 패착의 길에 들어서지 않도록 신의 가호 한 자락 있기를 빈다.

책 출판에 수고를 아끼지 않으신 좋은땅 출판사 관계자 분들에게 감사드린다.

평소 수고를 아끼지 않으시는 영덕회 회장님과 부회장님의 노고에
감사드립니다.

2025. 3.

저자 윤 광 일

차례

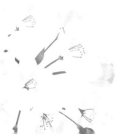

여름

가을

겨울

다시 봄을 기다리며

봄

인생을 접어 가방에 담다

매일
반복되는 인생 여정 길

아침부터
땅거미가 내리기까지
항상 바쁘다

매일 주어지는
인생 여정 푯대에
다다라야 한다

땀과 한숨과
때로 눈물을 훔치기도 한다

가끔 일상을 떠나
여행이라도 떠나고 싶지만 잘 안 된다

그래서 비상수단을 쓰고자 한다

봄

인생

너를 체포해 가방에 넣어

배에 실어 멀리 보내 주마

너에게 강제로 휴식을 부여한다

몇 달 쉬었다 오렴

고향에 일상의 일은

다 잊고 푹 쉬렴

파도에 몸을 맡겨 춤추고

석양의 노을에 시를 짓고

밤하늘 별빛과 입맞춤하렴

영겁의 시간 속에서

주어지는 짧은 인생 여정 길에

반복되는 일상의 권태에 매몰되지 않고

불꽃 같은 인생을 펼쳐 나갈 각오를 다지렴

바다에 뿌려진

산하에 배어 있는

꽃잎에 스며 있는

앞선 조상님들의 노고에
마음의 꽃다발 하나 바치렴

인생 여정 길에서
동행(同行)하는 이웃
뒤처져 있는 사람들에게
도움의 손길 내밀 수 있는
한 자락의 자비의 마음을
가지도록 기도하렴

그리하여
인생 가방 속에
충만한 인생을 담아 귀향하는 날

포구에서 기다리리다
그대에게 꽃 한 송이 바치리다

봄 마중

추위가 깊어지는
어느 날

남녘 먼 바다에서
봄바람 공기 입자들이
하나 둘 모이면서

기습하는 군대의
전위대(前衛隊)처럼
한 발
두 발

뭍을 향해 전진한다

거친 파고를 넘고
추위를 견디며
밤낮을 가리지 않고

이윽고

인생을 접어 가방에 담다

뭍에 상륙하면

산천(山川)은
춤추고
노래하며
봄바람을 마중한다

뭍에 앙상한 가지는
지저귀는 종달새는
사랑의 꿈을 꾸는 큰애기는
봄을 맞이하리라
봄과 포옹하리라

뭍을 지배한
추위 나라 군사들은
하나 둘
힘을 잃고 사라진다

봄

내가 그립거든

그대여

내가
그립거든
밤하늘 별빛을 바라보오

내 그대에게 보내는 연서(戀書)
별빛에 띄우리다

그대여
나에게 사랑의 밀어를 속삭이고 싶거든
밤하늘 보름달에게 전하오

내 그대에게 듣고 싶은 말
오솔길을 걸으며 보름달에게 들으리다

그대여
나에게 애정의 선물을 하고 싶거든
흐르는 강물에 띄워 보내오

인생을 접어 가방에 담다

내 그대가 주는 사랑의 선물
강물에서 건지리다

그대여
나에게 작별의 말을 하고 싶거든
스치는 바람에게 말을 하오

내 스치는 바람이 불어오면
그대의 진심을 받아 보리다

머물고 싶어도

하얀 눈은
그냥 눈이고 싶대
공기의 열기가 그냥 놔두지 않고

붉은 꽃은
그냥 꽃이고 싶대
모진 비바람이 그냥 놔두지 않고

만산홍엽 단풍잎은
그냥 단풍이고 싶대
찬 서리가 그냥 놔두지 않고

창해 가득한 물은
그냥 물이고 싶대
굽이쳐 오는 강물이 그냥 놔두지 않고

밤하늘 보름달은
그냥 만월이고 싶대
우주의 기운이 그냥 놔두지 않고

인생을 접어 가방에 담다

백합 닮은 청초한 자태는

그냥 젊음이고 싶대

야속한 세월이 그냥 놔두지 않는구나

사랑할 때

사랑할 때

처음부터
너무

그윽한 눈빛을
주지 마라

헤어질 때 흐르는 눈물이
많을 수 있으므로

처음부터
너무

애절한 마음을
주지 마라

헤어질 때 쓰라린 가슴에
고통이 클 수 있으므로

인생을 접어 가방에 담다

처음부터
너무

진정으로 사랑한다고
말하지 마라

헤어질 때 정이 깊어
슬픔에 빠질 수 있으므로

처음부터
너무

사랑의 노래를
부르지 마라

헤어질 때 슬픈 곡조 되어
귓전을 때릴 수 있으므로

처음부터
너무

장밋빛 미래를

그리지 마라

헤어질 때 미래가 암울할 수 있으므로

인생을 접어 가방에 담다

잊지 마오

창 너머 내리는 눈송이를
유유히 감상하는 그대여

눈 쌓인 길을 밤새워 치우는
사람들의 노고의 땀방울을 잊지 마오

화려한 봄날
꽃비 내리는 봄에 취한 그대여

추운 눈보라 헤치고 한 송이
꽃을 피워 낸 인고의 시간을 잊지 마오

화초 만발한 숲속을
걸어가는 그대여

숲길에 배어 있는 조상님들의
땀과 눈물 자국을 잊지 마오

밥상의 생선을

즐기는 그대여

폭풍우 몰아치는 검푸른 바다에서
사투 벌이는 어부의 노고를 잊지 마오

인생을 접어 가방에 담다

마음 깊은 심연

촛불 하나 들고
마음 깊은 심연(深淵)으로 들어가 보라

긴 어두운 동굴에 들어가면
깊은 아래로 더 내려가면

무언가 있을지 모른다
나를 움직이는 지휘 통제소 같은 곳

나의 오늘
나의 내일의
인생 여정 표가 있을지 모른다

선을 쌓아둔 창고
악을 쌓아둔 창고를 찾거든
악의 창고 모든 것을 들고 나오라

몸은
매일

돈 들어 관리하지만

마음의 관리가
소홀했음을 인정하고

선한 마음 관리에 필요한
모두를 알아서 오라

몸은
잠들어도
잠들지 못하는 마음에
꽃 한 송이 바치고 오라

인생을 접어 가방에 담다

목련화 꽃봉오리

목련화 꽃봉오리는
추위에 떨고 있다

어둠이 내리면
외로움에 떤다

가로등 불빛이
친구가 된다

지난해 봄
어미 목련화는
폭풍 한설 이겨 내고
세상에 꽃 한 송이 피워 냈다

순백의 찬연한 빛깔로
은은한 향기 발하니
만물은 숨죽여 찬탄했다

불현듯

세찬 비바람 몰아치니

내년 봄 부활을 기약하고
꽃잎 떨어져 스러지니
어찌 애달픔이
없었으리오

다시
지난해 석별의 정한(情恨)을
회상하며

이 겨울의 폭설을 뚫고
고난을 견디고

봄바람 불어오는 날

세상에
부활을 고하리라
다시 돌아왔노라고

그리하여
새 봄을 알리리라

인생을 접어 가방에 담다

새 봄을 찬미하리라

세상을 그만큼 순결하고
향기롭게 하리라

그것이
이 추운 밤을 기꺼이
견디는 연유(緣由)이다

인생 순례

인생은
떠나는 것
순례의 길을 떠나는 것

두려움과 설렘으로
낯선 곳에 용기 있는
한 걸음을 내딛는 것

고향을 떠나고
어미 품을 떠나고
학교를 떠나고

선생님을 떠나고
직장을 떠나고
도회를 떠나고

선친을 떠나보내고
님을 떠나보내고

인생을 접어 가방에 담다

검은 머리 떠나고
맑은 눈 떠나고
아집을 떠나고
집착을 떠나고

인생은
떠나는 것
떠나보내는 것

작별의 정한에
이별의 슬픔에
눈물 한 방울 흘리는 것

낯선 곳에서
성숙해지고
인내심을 배우고
헌신의 길을 찾는 것

인생 순례 길 마치고

하늘 순례 길 떠날 때

봄

후회 없이

남김없이

미소 지으며

떠나는 것

인생을 접어 가방에 담다

산의 지혜

잔설(殘雪) 남아 있는 산에
들어가는 나그네는

산이 좋아 가는가
산이 불러 가는가

산은 말이 없는데
침묵을 배우러 가는가

산은 앙상한 가지만 있는데
비움을 배우러 가는가

산은 인고의 시간을 보내고 있는데
고독을 배우러 가는가

산은 내년 봄바람을 기다리고 있는데
봄을 찾으러 가는가

나그네여

산에 많은 지혜가 숨어 있으니
많이 찾아보게나

인생을 접어 가방에 담다

구름

창공을
자유자재(自由自在)하는 구름아

너는
있다가도 없고
없다가도 나타나니

유(有)는 무(無)요
무는 유로구나
인생철학의 스승이로다

네가
연(緣)이 화합하여
비가 되어 내리고
눈이 되어 내리니

대지는
목을 축이고
생기를 내뿜고

만물은 살아갈 수 있다

네가
바람에 휩쓸리고
짙어지고
엷어지고
색깔이 수시로 변함은

인생에서
시시각각 변하는
인생 여정 길을 더듬어
이리저리 휘둘리며
살아가는 사람을 연상시키는구나

구름아
가끔 나타나
하늘을 장식하고
사람들의 친구가 되어 다오

구름 나라에 고마움 전한다

　　　　　　　　　　　인생을 집어 가방에 담다

운명의 기로(岐路)

웅지(雄志) 품은 재사(才士)건만
시대를 못 만나니
낚시로 세월 보내는 필부(匹夫) 되고

주군(主君)을 만난 재사
천하를 호령하는 영웅 되어
청사(靑史)에 이름을 남기고

천하 미색 처자
나무꾼의 아내 되어
산에서 약초 캐고

산골의 이름 없는 처자
사내대장부 품에 안기니
천하 권세 영화 누리는구나

태산에서
동쪽으로 떨어진 빗방울
동해로 흘러들어 심해에 이르고

서쪽으로 떨어진 빗방울
서해로 흘러들어 협곡을 지나는구나

인생을 접어 가방에 담다

금 없는 곳

논밭 길을 걸으면
수없는 둑길

내 논
내 밭의 명징한 증표다

도시의 밀림 같은 고층 아파트
질서 있게 칸칸이 나뉜 집집
나만이 들어가는 비밀 공간이다

눈에 안 보이는
금
벽이
곳곳에 있다

같은 벽 안에 있으면
동지(同志)가 되고 선(善)이 된다

벽이 다르면

관심 밖이다

다행히
산
바다
하늘에는
금이 없다

오늘도
금 있는 곳과
금 없는 곳을
조심히 걸어간다

금 없는 곳이
조금 더
늘어나길 소망하면서

끝까지 겸손하라

십 년 쌓은 공들인 탑도
휘몰아치는 바람에
순간에 무너지고

청렴결백 청백리도
순간의 욕심으로
이름에 오명(汚名)을 남기고

십 년 절개 열녀도
하룻밤 유혹에 넘어가니
강물에 몸을 던지고

조직의 리더도
즉흥적 감정과 아집으로
천 길 낭떠러지로 추락할 수 있으니

끝까지 겸손하라
마지막 피니시까지
방심하지 마라

천사의 얼굴을 한 악의 무리가

언제든 노리고 있으므로

돈에게

돈아
너의 권능은 알고 있다

너 없으면
아무 것도 할 수 없고

너만 있으면
무엇이든 할 수 있는
황금 종이가 아니냐

네가 있으면
귀신도 부릴 수 있다고 하니
더 말해 무엇 하겠느냐

네가 들어오는 것은 기쁨이요
네가 나가는 것은 아쉬운 것이다

오늘도
지구인은

봄

너를 붙잡기 위해서

동이 트자마자
일터로 향하여

체력과 지혜를 다하여
전력투구하다가

어둑해서야
지친 몸을 이끌고
집으로 돌아와 몸을 누이고

또다시
내일
너를 차지하기 위한
전투에 임해야 한단다

돈아
너의 탄생으로 말미암아
인류의 생존 경쟁이
더 치열해진 것 같구나

　　　　　　　　　인생을 접어 가방에 담다

또한

너로 인하여

불공평이 심화되지 않았나 하는

아쉬움도 있다

어떤 사람은 너무 많아 주체 못하고

어떤 사람은 너무 없어 고통받고 있다

그러나

돈아

너무 뽐내지 말아라

갈 때는

종이 한 장 못 가지고 가니

너는 무용지물(無用之物)이다

또한

너는

떨어진 낙엽 하나

다시 생명을 불어넣지 못하는

미약한 면도 있음을 알고

사람들을 위해

겸손하게 봉사하기 바란다

사랑이 오네

산들산들 봄바람에
뒷동네 큰애기 부푸는
가슴에 사랑이 오네

옥색 치마로 오네
동백꽃 향기로 오네
사뿐사뿐 발소리로 오네

하늘의 별을 헤며 입맞춤하고
보름달에 눈웃음 짓고
꽃을 보며 노래하네

사랑의 연서(戀書) 가슴에 품고
잠이 드네

바람 부는 날 하늘에 띄워
님에게 보낼 꿈을 꾸네

큰애기 가슴의 떨리는 연정(戀情)은

봄바람보다 먼저 오네

인생을 접어 가방에 담다

님이 가시고 나서

님이시여
지금 어디쯤 가고 계시나요

푸른 강을 건너고 계신가요
높은 산을 넘고 계신가요

님이 가시고 나서
지구는 등불 하나 꺼져
그만큼 어두워졌습니다

길 위에 뿌려진 님의 땀방울
길가 무명의 꽃에 스며든 님의 향기
푸른 숲속에 배어든 님의 숨결
책 속에 또렷한 님의 가르침

님은 가셨을지라도
님은 우리와 함께 계십니다

님 생전

다하지 못한 사랑
다하지 못한 공경
있더라도
부디 용서하소서

오늘
별빛 내리는
오솔길을 걸으며
님의 추억을 떠올리며
별이 되신 님의 가르침을
고이 새겨 봅니다

하늘의 별이 되신 님이여

님은 때로
비가 되어 오시고
바람 되어 오시고
눈이 되어 오시겠지요

갈댓잎의 사각거리는 소리
시냇물 흐르는 소리
비 갠 뒤 푸른 하늘 무지개로도 오시겠지요

그리고

그리운 밤

별빛으로도 오시겠지요

마음속에 흐르는

눈물을 삼키며

님을 오래 기억하겠습니다

사랑으로 지켜봐 주소서

청춘이여

청춘은
특권이다
자유다
정의다

청춘은
찬란한 여명이요
화초 만발한 정원이요
화려한 꽃봉오리다

청춘은
폭주하는 기관차요
말 백 마리가 끄는 황금 마차요
무소의 뿔이다

청춘은
안개 덮인 망망대해 항해요
화살이 빗발치는 성 탈환이요
칠전팔기 불굴의 의지다

인생을 접어 가방에 담다

청춘은
불의의 산을 쪼개고
불의의 담장을 넘어뜨린다

청춘일 때
청춘의 가치를 모르고
높은 이상의 깃발을 세우지 못하고
맥박 치는 힘을 간과한다면
나이 들어 회한의 아쉬움이 어찌 없으리오

청춘이여
정면을 응시하는 꼿꼿함
높은 곳을 바라보는 눈
강철 같은 체력
고난을 뚫고 나가는 투지
기회를 놓치지 않는 지혜

그대들의
멋이자
기백이다

청춘이여

작은 것에 연연하지 마라
실패에 주저앉지 마라
가난에 무릎 꿇지 마라

그리하여
청춘이여
영광의 깃발을 쟁취하라
만방에 승리의 기쁨을 뿌려라

청춘이 가기 전에
도달해야 할 항구가 있다

청춘이
다하기 전에
이루어야 할 소임이 있다

청춘의
힘찬 숨소리가
값진 땀방울이
내일의 희망이다

청춘이

인생을 접어 가방에 담다

내딛는 힘찬 한 걸음이

역사의 발전을 견인한다

밥님

고마운 밥님
오늘도 세상에 나아가 싸울 기를 넣어 주고
내일의 양식을 벌어 오라고 응원하여 주는 그대

어릴 적 어머님의 젖 내음 같은 향기와 포근함으로
언제나 내 곁에 있어 주는 변함없는 연인 같은 그대

한 톨의 씨앗이 땅에 뿌려져 농부의 땀방울과
눈부신 햇빛과 때때로 내리는 비와 스쳐 가는 바람과
풀벌레의 괴롭힘을 견디며 알이 여물어 이 밥상에
오는 긴 여정을 그려 봅니다

그대는
인고입니다
생명입니다
희생입니다

그대는
역사입니다

인생을 접어 가방에 담다

하늘입니다

그대 한 알에는 땅의 양분과 태양의 따뜻함과
달의 추억과 꽃의 향기와 우주의 기운이 담겨 있습니다

그대가 있어 사람들은 정착하고 촌락을 형성하고
공동체의 삶을 살 수 있습니다

오늘도
따뜻한 밥을 먹으며
꿈을 꾸고
사랑을 나누고
내일을 준비합니다.

밥의 노고를 그리며

밥 한 알은 작지만
뭉치면 강하노니
인류의 건강과 행복위해
내 한 몸 아낌없이 바치니
역사의 진전에 보탬이 된다면
어찌 아니 기쁘리오

봄

진정한 인류 평화의 날이 오면
내 이름도 기억해 다오

　　　　　　　　　　　인생을 접어 가방에 담다

여름

모두가 환호할 때

모두가
화려한 앞면에 매료될 때
어두운 뒷면을 살피고

모두가
장밋빛 전망에 들떠 있을 때
안 보이는 불안 요인을 주목하고

모두가
찬란한 동쪽을 바라볼 때
안개 쌓인 서쪽을 바라보고

모두가
정상의 환호로 열광할 때
하산의 지도를 준비하고

모두가
찬사의 꽃다발 올릴 때
질책의 회초리 준비하고

모두가

비판의 화살 날릴 때

따뜻한 격려의 포옹 한 번 해 줄

지혜와

용기를 주소서

인생을 접어 가방에 담다

말

말 타고 퍼지던 말이
빛의 속도로 퍼진다

짐꾼으로 퍼지던 말이
급행열차 타고 퍼진다

바람에 띄워 속삭이던
사랑의 연서
실시간으로 전달된다

말은 입에서 나오면
머물다 갈 여유도
쉬었다 갈 언덕도 없다

오늘도
모래알 같은 말들이
안 보이는 파편의 언어들이
도회의 숲을 배회한다

길 잃은 말들의 방황

없어도 되는 언어의 과잉

중첩된 말들의 충돌

하늘 길은 붐빈다

침묵을 조금 늘린다

조심하라

어둠의 터널을 뚫고
지상으로 나올 때 조심하라
눈이 부셔 눈이 멀 수 있으므로

화초 만발한 오솔길을
걸어갈 때 조심하라
눈을 빼앗겨 넘어질 수 있으므로

인생이 노력함보다
잘 풀릴 때 조심하라
교만함으로 실수할 수 있으므로

노력의 성취 없이
부자 되었다는 말을 조심하라
노력 없는 재물은 곧 흩어질 수 있으므로

세상에서 지위가
높아질수록 조심하라
뭇사람의 질시를 받기 마련이므로

여름

청춘의 혈기 방장할 때
조심하라
무모함으로 과속할 수 있으므로

양친 생존하실 때
효도를 다하고 조심하라
불현듯 떠나심에 회한의 눈물 흘릴 수 있으므로

사색과 독서 없이
토론을 조심하라
얕은 지식이 탄로날 수 있으므로

인생 여정
마지막 피니시에서 조심하라
뒤 사람에게 선두를 내줄 수 있으므로

인생을 접어 가방에 담다

말해야 하나요

나
그대에게
사랑한다고
말해야 하나요

사랑의 마음은
빛의 속도로
당신에게 전달될 텐데요

나
그대에게
싫어한다고
말해야 하나요

미워하는 마음은
전파 속도로 당신 가슴으로
파고들 텐데요

나의 다정한 눈빛

나의 애정 어린 몸짓
나의 호의(好意)

모두
빛의 속도로
당신에게 갈 거예요

인생을 접어 가방에 담다

세상 인심

권세가 있으면
사람들이 모이고

권세가 없어지면
사람들이 떠나간다

자기에게 이로우면
사람들이 모이고

자기에게 손해되면
사람들이 돌아선다

자기에게 칭찬하면
사람들이 반기고

자기에게 비판하면
사람들이 외면한다

세상이 태평하면

저잣거리 화평하고

세상이 시끄러우면
저잣거리 소란하다

인생을 접어 가방에 담다

부러워하지 않는다

꽃의 절정을
부러워하지 않는다

만추가경(晩秋佳景) 붉은빛을
부러워하지 않는다

눈 같은 피부 빛을
부러워하지 않는다

권세의 지극한 위세를
부러워하지 않는다

지극함은
절정은
짧고

쇠퇴가 기다리므로
하산해야 하므로

바람 한 줄기의 여정

하늘에서 천사처럼 내려와
바다의 돛단배 퐃대를 펄럭이고

하늘로 솟아
나는 갈매기 숨이 돼 주고
파고를 넘고 또 넘어

뭍에 올라
들녘의 벼 이삭을 사각거리고

집 마당 구석의 무화과 하나
떨어뜨리고

우물가 물 긷는
새색시 빨간 볼을 스치며

길가
무명의 꽃향기를 담고

인생을 접어 가방에 담다

푸른 산을 넘고
휘어진 강을 건너

도회의 숲에 이르러
벤치의 나그네 옷깃을 스치며

바다의 내음과
들녘의 풍요와
산천의 꽃향기를 전해 주고

나 이제
바람 무리 속으로
사라지리니

산 정상의 깃발 펄럭이면
나인 줄로 알아 주오

인생 연극 무대

오천 년
인류 역사에서

100년마다
연극 출연진은 모두 바뀐다

출연료는
소속 일터에서 지급된다

불만이 있더라도
연극 무대를 떠날 수 없다

하나하나
소중한 배역이다

언제든
후세대에 배역을 넘길
준비를 해야 한다

인생을 접어 가방에 담다

우주에서
누군가 지켜보고 있다

연기를 잘하면
더 좋은 배역으로 캐스팅된다
당연히 출연료도 올라간다

도전 정신과
창의력과
인내력이 중요하다

무대 조명이 꺼지기 전에
연기를 다 마무리지어야 한다

누군가
밤이 내리면
연극 무대 설치에 바쁘다

내일도
지구인 모두
멋진 연기를 기대한다

인간 한계(限界)

천하의 지혜를 다 모아도
지구의 난제를 해결 못하고

천하의 명문장(名文章) 다 모아도
사람이 다 깨치지 못하고

천하의 명의(名醫)를 다 모아도
죽어가는 사람 살려 내지 못하고

천하가 합심(合心)해도
떨어지는 꽃잎 하나
되돌릴 수 없구나

빗방울

수직 낙하
빗방울

너의 출발지는
어드메뇨

너의 도착지는
맨땅
시멘트 바닥
강 바다

외로운 가슴에 내리는 빗방울
고독을 달래주는 친구 되고

연인들에 내리는 빗방울
사랑을 키우는 단물 되고

칠년대한(七年大旱)에 내리는 빗방울
황금보다 귀한 대접 받고

모내기 철 논에 오는 빗방울
농부의 풍년 노래 흐르고

강에 내리는 빗방울
물고기 목을 적시고

바다에 내리는 빗방울
머지않은 날 비상을 꿈꾸고

아침 풀잎에 맺은 빗방울
영롱한 보석보다 맑고

맨땅에 떨어지는 빗방울
땅속에 스며들어 생명수 되고

빗방울
떨어지는 아득함
고향의 추억
그리움으로 남기고

빗방울 하나
너는 작을지라도

　　　　　　　　　　　인생을 접어 가방에 담다

생명의 원천이요

만물의 어머니로다

기다림

흐르는 강물은
장애물에 부딪히면
넘쳐흐를 때까지 기다린다

햇빛은
구름이 깔리면
지나가기를 기다린다

산비둘기
배가 고프지만
여명이 밝아 오기를 기다린다

벚꽃 꽃봉오리
추위에 떨지만
살랑살랑 봄바람 기다린다

뛰어난 장수는
결정적인 때를
기다린다

인생을 접어 가방에 담다

안타깝구나

안타깝구나
인생 무대 막이 내리면
다시는 상영할 수 없으니

무력(無力)하구나
천하의 금은보화도
청춘 한 조각을 구할 수 없으니

애석하구나
천신만고 끝에 구한 명예를
한순간 오판으로 잃게 되니

회한이 가득하구나
공경 다하지 못한
선친이 안 계시니

슬프구나
내일 내가 없어도
우주는 그대로 돌아가니

양의적(兩意的) 사유

떨어지는 낙엽은
바람이 불어서일까
생이 다해서일까

낚시를 물은 물고기는
눈이 어두워서일까
낚시꾼의 솜씨가 좋아서일까

돈을 많이 버는 이는
눈먼 돈이 많아서일까
재덕(才德)이 많아서일까

미인을 얻는 이는
콩깍지가 씌어서일까
마음을 움직여서일까

오늘도
행운의 길을 달려가는 이는
행운의 신이 함께해서일까

인생을 접어 가방에 담다

남다른 노력이 있어서일까

오늘도
우주가 돌아가는 것은
우주의 질서일까
누군가 조종하고 있어서일까

오늘
따뜻한 밥 한 끼 먹는 것은
나의 당연한 권리일까
낳은 사람의 수고의 덕일까

님이 걸어가신 길

님이 걸어가신 그 길도

무거운 짐 지고
언덕길을 오르며

거친 바람 몰아치는 벌판에서
앞이 캄캄 안 보이는 광야에서

땀에 젖고
한숨짓고
눈물 흘리며

어두운 동굴에서
희미한 불빛조차 안 보이고

자갈길을 걸으며
넘어지고
다시 일어서고

인생을 접어 가방에 담다

수풀을 헤치며
가시덤불에 할퀴고

돌멩이 날아들고
화살이 빗발치고

굶주린 배를 움켜쥐고
한 걸음
또 한 걸음

님은
그렇게 힘든 여정 길을 걸으셨습니다

그날도
태양은 찬란히 떠오르고
보름달은 호수에 은은하고
별빛은 은하수로 흐르고

그날도
꿈이 있고 좌절이 있고
사랑이 있고 이별이 있고
탄생이 있고 작별이 있고

여름

삶은 여전하였습니다

앞서간
이 땅을 살아간
모든 무명(無名)의 조상님들에게
공경의 꽃 한 송이 바칩니다

　　　　　　　　　　　인생을 접어 가방에 담다

역사의 물결

역사는
진보와 퇴보의 강물이 굽이쳐 흐른다
지난날 과오(過誤)가 되풀이된다

장대한 역사의 물결에서
구국의 이름을 떨치는 사람이 있고
본의 아니게
퇴보의 주역이 되고
관련자로 엮이어 단죄의 이름에
오르내린다

역사의 그 현장에
그 역할을 맡은 우연이
운명을 좌우하는 경우가 많으니

한치 앞을 알지 못하는
인생 여정 길에서

누가 오욕(汚辱)의 이름을

남기고 싶겠는가

인생 길에서
휘몰아치는 탁류를
거슬러 가기 어렵고
돌멩이 날아오는 협곡을
지나가기 어려우니

가녀린 인생 여정에서
운명의 신의
가호(加護)
한 자락을 빌어 본다

테레사 수녀님을 그리며

1910년 발칸반도
마케도니아에서 태어나

꽃다운 십대 후반 나이에
37일 걸려
이역만리 인도에 도착하여

가난한 사람들의 현장 속으로
죽어 가는 사람들의 현장 속으로
소외된 사람들의 현장 속으로
나병 환자들의 현장 속으로

50여 년 동안
동고동락하며

깊게 주름진 얼굴로
소나무 껍질 같은 손으로
등 굽은 어깨로
두 손 모아 기도로

"한 사람을 구하지 않으면 10만 명의 사람도 구할 수 없다.
사랑은 우리 마음속에 있고 꺼내기만 하면 된다.
사랑만이 모든 것을 치유할 수 있다." 하시며

서로 사랑하라 외치고
어머니의 사랑을 실천한
마더 테레사 수녀님

세상은
수녀님의 헌신으로 사랑의 소중함을 알았고
수녀님을 잃음으로 더욱 가난해졌습니다

부디
천국의 영광
누리소서

인생을 접어 가방에 담다

인공 지능

IQ 10000
인공 지능을 탑재한
휴머노이드 로봇이 장차 상용화되어

달에 파견하여
자원을 개발하고
인긴 주거 여건을 만들고

화성에 파견하여
씨 뿌리고
나무 심고
건물 짓고
인간 주거 환경을 만들고

우주에 파견하여
생명체 존재하는 행성을 찾게 하고

지구의 사막 황무지에서
나무 심고

농사짓고
거주 여건을 만들고

공장에서
24시간 물건 만들어
값싸게 공급하고

산업의 3D 직종에서
사람 대신 일하게 하고

인간을 괴롭히는
병의 약을 개발해 낸다면

지구는
낙원이 될 수 있을까

산

산은
철학이다
포용이다
침묵이다

산은
어미 품이다
삶의 터전이다
놀이터다

태초에
산이 솟구치고
그곳에서
우뚝 만물을 굽어본다

비바람에 씻기고
시간에 깎이고
발자국에 닳고

나무의 집이요
백화(百花)의 오고 감이요
풀벌레의 보금자리요
새들의 놀이터다

사람들은
나무하러 산에 가고
산소를 마시러 가고
인생을 배우러 가고
결국 죽어 산으로 간다

산은
묵묵히 서 있되
드나드는 손님은
계속 바뀐다

산의
풀숲에 청춘의 사랑의 속삭임이 있고
오솔길에 조상들의 숨결이 숨 쉬고
나무에 포화(砲火)의 아픈 상흔(傷痕)이 숨어 있다

산은

인생을 접어 가방에 담다

인류의 스승이요
생명의 창고요
고향집의 아늑함이다

산이 있어
오늘도 숨 쉬고
깨달음을 얻고
내일을 꿈꾼다

아파트님

집집마다 가장 귀한 대우 받는 이가
당신인가요

공중에 떠 있는 조그만 공간이 그것도
모래 자갈 철근으로 된 사각형 당신이
그리 비싼 대우 받는 것은 이해가 쉽지 않습니다

아파트 사는 장점이 편리성과 익명성(匿名性)에
있다고 하던데 사실인가요
편리성은 인정하지만 옆집에 누구 사는지도
모르는 익명성은 아파트의 폐해가 아닐는지요

어릴 적부터 사람은 흙냄새를 맡고 흙과 더불어
살다가 흙으로 돌아가는 존재로 배워 왔는데
공중에서는 흙냄새도 안 나고 아득하기만 합니다

더욱이 층층으로 포개져 있는 아파트는 내 위로
누군가 누워 있고 내 밑으로 또 누군가 살고 있으니
조심스럽기만 합니다

인생을 접어 가방에 담다

아파트님

당신 품속에서 살아가는 것이 정녕

현대인의 숙명인가요

모든 것은 진화 발전한다고 합니다

아파트 당신도 좀 더 인간 친화적으로

변모 발전하면 어떨까요

집단 소비 중심 주거지에서

일부 생산적인 주거지로

또 옥상에 나무를 심는 등 환경친화적으로

더 전환되었으면 합니다

또 층고를 좀 더 높이고 층간 소음을

줄이는 방안이 나오기를 기대합니다

한국 아파트님

유럽 아파트는 수명이 120년 정도 된다고

하던데 왜 한국의 당신은 30년 정도로 짧은가요

우리나라는 자원도 부족한 나라이고

콘크리트의 수명은 100년 정도라니

더 오래 사용할 수 있도록 설계되었으면 합니다

아파트님

귀한 대접 받는 당신이 부럽습니다
거기에 걸맞게 사람에게 귀한 역할
해 주기를 기대합니다.

고향의 품속 같은 아파트를 그리며

문명의 동네에 밀림의 건물 있네
간절한 사랑 꿈 그리고 아픔도 있네
밤이 내리니 쉬고 내일의 충전 하네
모두를 보듬는 신(新) 어머니 같다네

가을

길

사람은 보이는 길
보이지 않는 길을 따라 살아간다

땅 위의 길
사람이 가야 할 길
국가가 가야 할 길

땅 위의 길은 찾기가 쉽다
마을로 연결되거나 우물로 통해 있다
잘못 들어서면 이정표 보고 다시 돌아오면 된다

사람이 가야 할 길은
보이지 않아서

캄캄한 어둠 속에서
빛을 찾아 헤매고
희미한 푯대를 향해
비바람 뚫고 가야 한다

가을

사람의 길이라고 알려 주지만
모두 나침판이 되는 건 아니다

삶은 개별적이고 구체적이다

오늘도
인생길을 힘겹게
걸어가는 모든 이들

언덕길을 넘으면 평탄한 길이
고난 뒤에는 기쁨이
비 온 뒤에는 맑은 날이
있다고 믿고
밀고 가는 수밖에 없다

한 걸음 더
밀고 나아가라

인생을 접어 가방에 담다

우주의 질서

한 해 춘하추동(春夏秋冬)
인생 생로병사(生老病死)
우주 성주괴공(成住壞空)은
궤를 같이한다

나고
성장하고
무너지고
무(無) 또는 정지 상태가 된다

사람은
찬란한 무지개 하나 세울 수 없고
사라지는 매미 소리 하나 붙잡을 수 없다

아쉽고
그립고
눈물 나도

언젠가 사라지는 것

땅으로 회귀하는 것

그것이
자연의 이치요
우주의 질서다

인생을 접어 가방에 담다

비우다

대나무는
속이 비어 쓸모가 있고

피리는 속이 비어
고운 소리가 나고

항아리는 속이 비어
사랑받고

서랍은 속이 비어
물건을 넣고

화가는 백지 위에
그림을 그리고

땅은 빈 땅이어
집을 짓고

현인은

마음이 비어 있어
지혜를 담고

어리석은 이는
아집(我執)이 가득하니
장중보옥(掌中寶玉)이라도
담기 어렵구나

무릇
도(道) 닦는 공부는
마음을 채우는 공부가 아닌
마음을 비우는 공부이도다

인생을 접어 가방에 담다

낙엽의 애상(哀傷)

봄바람에
죽었는 듯 가지에서 새잎 돋아나

새소리에 눈을 뜨고
눈부신 햇살에 아침을 맞고

꽃의 향기와
요란한 매미 소리와
별빛의 추억과

울울창창 젊음을 뽐내던 때가
엊그제 같은데

어느덧
찬 서리 내리고
단풍 들어 고와지되
힘은 떨어지고

스치는 한 줄기 바람에

어미 품 떠나 몸을 맡기니
나무뿌리 땅이로구나

대지에 몸을 누이고
화려한 지난날을 회상하니
꿈만 같은데

지나가는 사람들이
무심히 짓밟고 지나가니
더욱 애달프구나

서러움을 거두고

나 이제 썩어
나무의 양분 되오리니

내년 봄
새잎 나오거든
나인 줄로 알아 주오

인생을 접어 가방에 담다

그리움

선친(先親)을 생각하며
애달픈 그리움

초등학교 시절을 생각하며
아련한 그리움

천사 같던 여선생님을 그리며
은은한 그리움

어린 시절 꽁보리밥을 추억하며
애틋한 그리움

짝사랑한 님을 그리며
먹먹한 그리움

세상 떠난 님을 그리며
애절한 그리움

스러진 목련화 꽃잎에

애잔한 그리움

잃어버린 무언가를 찾으며
애타는 그리움

그리움은
밤하늘 별이 되어 은하수처럼 흐르고
슬픈 곡조 되어 아리랑으로 흐르고

오늘도
그리움 한 조각에 인생이 흐른다

인생을 접어 가방에 담다

하늘의 주인님

하늘의 주인님
계신가요

혹시
요즘 휴가 중은 아니신가요

지구는
인류를 위협하는 무기 개발에 여념이 없고
자국만 잘 살면 된다는 이기주의가 팽배하고
환경 오염과 지구 온난화 등 난제가 쌓이고
종교도 그 역할이 미흡합니다
또한 지도자들의 지혜가 필요합니다

바라옵기는
세상 모든 무기는 용광로에 집어넣어
농기구로 만들고

세계가 한 가족처럼 평화롭게 살기를
간구합니다

주인님이 계신다면
지구의 비상 상황임을 감안하시어
바로 정상 집무에 복귀하시고

지구의 비정상을
정상화시켜 주십시오

그리고
인류가 나아갈 길을
밝혀 주시기를
간청드립니다

나무는

나무는
어둠이 걷히면
잠에서 깨어나

꿋꿋하게 하늘을 향해
도열해 있다

바람이 없으니
더욱 한 치의 흐트러짐이 없다

지휘 나무의 명령에
일사불란하게 움직이는 것 같다

떠오르는 태양을
경건하게 맞을 준비가 돼 있다

일찍 준비하는 자에게
행운이 옴을 아는 것 같다

오늘도

인생 여정을

허둥대며

이제 막 시작하는 사람보다

나무는

한발 앞서 나가고 있는 것 같다

인생을 접어 가방에 담다

인생의 봄

사람은
하고 싶지 않아도
해야만 하는 단계에서

나이 들수록
하고 싶지 않으면
안 해도 되는 단계로 접어든다

꿈과 열정의 젊은 시절
두 어깨에 부과되는 짐은 많다

학습
군대
직장 생활
인간관계
부양 의무 등은
하고 싶지 않아도 해야 한다

육체적 노고와

정신적 수고를 바쳐야 한다

땀과 눈물
피로와 과로가 수반된다

꽃길을 걷고 싶으되
돌부리도 많고
경쟁도 치열하다

뜻대로 되지 않은 일이 더 많고
가야 할 푯대도 멀리 있다

황금 같은 젊은 시절을
누릴 겨를도 없이
어두운 터널에서
빠져나가야 하는 경우도 있다

먼 훗날
그 시절이
인생의 봄이요
가치 있는 시기였다는 것을 깨달은 때는
한참 인생 여정을 달려온 다음이다

인생을 접어 가방에 담다

어느 시인은

젊음은

한 번뿐인 인생의 선물이라고 했다

젊을 때 젊음을 만끽하라

젊음의 가치를 소중히 여기라

젊음으로 그대는 이미 많은 것을 가졌다

희망 한 되

에베레스트 같은 높은 산에서
어둡고 추운 외로운 밤을 지새우고

멀리서 찬란한 여명이 밝아 오면
이제 살았구나 하고 안도감이 든다고 한다

사람은
때로 외로운 길을 걸어간다

파도치는 망망대해를
홀로 항해하는 돛단배 주인 같고
오아시스 없는 사막을
건너는 나그네 같다

다른 이의
슬픔 속에 깊이 들어갈 수 없고
번민을 다 헤아릴 수 없듯이

다른 이들도

인생을 접어 가방에 담다

나의 슬픔과 번민을 다 이해할 수 없다

각자
감당해야 할 몫이다

어두운 터널에서 희미한 촛불 하나
보이지 않는다면 외로움은 깊어질 것이다

누군가 손을 내밀어
어둠 속을 밝히는
촛불 하나 되어 준다면
희망 한 되라도 줄 수 있다면

그 공덕은 무량(無量)하리라

역사는

역사는
이 땅을 살아간 모든 사람들의 걸어간 총합이다

역사는
진보와 퇴보의 반복이다

역사는
국민 주권과 자유를 쟁취하기 위한 긴 장정이다

역사는
시간 앞에 진실을 드러낸다

역사는
전쟁을 통한 이합집산의 연속이다

역사는
과거를 반추(反芻)하여 미래의 길을 찾는다

오늘도

인생을 접어 가방에 담다

전력을 다한 하루의 여정
역사의 갈피 속에 고이 간직되리

몇 번이나

인생 여정 길에서

호수에 어른거리는
보름달의 그윽한 추억을
몇 번이나 갖게 될까

추위를 이기고 온
매화의 순결한 향기를
몇 번이나 맡게 될까

서쪽 하늘을 물들인
불타는 석양빛 노을을
몇 번이나 보게 될까

어두운 밤 오솔길을 걸으며
빛으로 수억 년 달려온 별빛과의
황홀한 조우를 몇 번이나 갖게 될까

무념무상(無念無想)의 행복한 시간을

몇 번이나 갖게 될까

플라타너스 잎

찬바람에
길에 나뒹구는
플라타너스 낙엽

바스락 바스락
낙엽 밟는 소리 정겨웁다

초등학교 교정에 한 그루
서 있던 다정한 추억의 나무

더위 피하는 그늘 돼 주고
친구들 얘기 들어 주던 나무

플라타너스 잎은
사람 얼굴만큼 크다

한 잎에
친구 얼굴 그리고

인생을 접어 가방에 담다

한 잎에 하늘나라 계시는
할아버지 할머니 그래서
하늘나라로 띄우고 싶다
그리운 마음 전하고 싶다

플라타너스
너는 잎도 크니
사명도 크구나

전략과 타이밍

승부는
뛰어난 전략과
타이밍이다

전쟁
조직
개인의 성취도 위와 같다

뛰어난 장수는
누구도 예상 못한 전략을
치밀하게 세우고

최적의 공격 시점에
일거에 기선을 제압한다

동풍이 불 것을 예측해 내어
화공(火攻)을 준비하고
협곡을 지날 것을 도출하여
미리 복병을 배치하는 식이다

인생을 접어 가방에 담다

조직도
장래 시장의 변화 트렌드를 예측하여
전략을 세우고 진입 시점을 찾아야 한다

리더는
전략 수립에 집중해야 한다
나와 상대방의 강약점
구성원의 역량
환경 요인을 고려해야 한다

개인의 성취에서도
전략과 타이밍이 중요하다

부동산이나
여타 재테크 수단은
일정한 주기로 사이클(cycle)을 그리므로
저점에서 진입 여부가
승패를 좌우한다

치밀한 전략과
최적의 타이밍

언제

어디서나 긴요하다

인생을 접어 가방에 담다

해석

전력 질주
100m 달리기에서 101m까지 달리는 것

용기
모두가 비난의 돌멩이 던질 때
내 탓이오 하며 돌을 내려놓는 것

통찰력
안 보이는 부분을 주의 깊게 살펴보는 것

행복
내 가지고 있는 모든 것을
반대로 없다고 생각해 보는 것

착각
태양이 언제나 중천에서
빛날 것으로 여기는 것

외로움

다른 사람 마음속 깊이
들어가 볼 수 없는 것

고아
사람은 나이 들면서
모두 고아가 된다

질책(叱責)
나에게 하는 질책은 복으로 돌아오고
남에게 하는 질책은 독화살로 돌아온다

　　　　　　　　　　　인생을 접어 가방에 담다

당신과 나 사이에

당신과 나 사이에
고향의 강물이 흐르고
추억의 강물이 흐르고

당신과 나 사이에
소년의 꿈의 강물이 흐르고
도회(都會)의 꿈의 강물이 흐르고

당신과 나 사이에
역경의 강물이 흐르고
실연의 강물이 흐르고

당신과 나 사이에
상념의 강물이 흐르고
세월의 강물이 흐르고

그 강물 넘어
내가 그대를 알고
그대가 나를 알고

어디까지 가능할까

사랑 한 조각으로
따뜻한 가슴 한 조각으로
강물을 넘을 수만 있다면

인생을 접어 가방에 담다

살아간다는 건

인생은
동의 없이 이 세상에 왔고
갈 길은 베일에 싸여 있다

왜
사느냐고 묻지 마라

어떻게
살아야 할까로 고민하지 마라

내 의지는 개입이 안 됐고
내 뜻대로 잘 안 되는 것이 인생이다

비바람 몰아치고
짙은 안개로 앞이 안 보여도
묵묵히 감내하며
헤쳐 갈 뿐이다

운 좋게

어둠 속에서 한 줄기 빛을 만날 수 있고
눈보라 피하는 오두막을 발견할 수 있고
사막에서 황금 덩이를 주울 수도 있다

노력의 대가가 당장 없어도
불운의 이유를 알 수 없어도

주어진 길을
밀고 가는 게
가야 하는 게
인생이다

승리에 너무 도취하지 마라
고난에 너무 낙담하지 마라

모든 일은 지나간다

살아간다는 건 견디는 거다
살아간다는 건 기다리는 것이다

인생을 접어 가방에 담다

그 순간

백척간두(百尺竿頭)에서
생사대사(生死大事)를 초월하고자
한 걸음 더 내딛는 도인(道人)

수십 년 용맹정진하고
깨침을 확인받고자
스승 앞에 선 수도자(修道者)

와신상담(臥薪嘗膽) 복수의 일념으로
달려와 적국의 성문 앞에서
공격을 기다리는 백만 군사의 함성 소리

폭풍우 몰아치는 바다를
홀로 노 저어 가는 돛단배에
다가오는 검푸른 파도 더미

그 순간
떨리는 그 마음으로

시간에게

그대가
이 세상에서
제일 무섭다는
시간인가요

그대 손아귀에 걸리면
모두를 가차 없이 무(無)로
돌려 버리는 야멸찬 그대인가요

사람은
시간 속에서 태어나
시간 안에 궤적을 남기고
시간 밖으로 사라져 간다

탄생의 총소리와 더불어
시간은 잠시도 쉼 없이
인간 세상을 지배한다

인생 열차에 몸을 실으니

인생을 접어 가방에 담다

평야를 지나고
터널을 지나고
협곡을 지나고

천천히 가자 해도 소용없고
쉬었다 가자 해도 안 들어주고
내린다 해도 안 내려 주고
언젠가 종착지에 도착하여 사라진다

어제 꽃다운 소년도
백마보다 빠른 그대 수중에서
오늘 백발 되니
어찌 야속치 않으리

육친이 한데 모여
화목하게 산다 해도
시간이 지나면
헤어질 수밖에 없으니
어찌 애석다 아니 하리오

시간님
유감입니다

가을

좀 천천히 가는

자비를 베풀면 안 될까요

간혹

거꾸로 가는

호의를 베풀면 안 될까요

인생을 접어 가방에 담다

달님에게

소슬한 바람이 이는
들판을 걸어갑니다

세상은 잠들어도
잠들지 못하고
서쪽 하늘에 두둥
떠있는 달님

언제나 우리와 함께하며
다정한 연인 같고
신령스러운 님에게 기도합니다

날이 밝으면
더듬어 가야 할
인생 여정 길은
나의 의지와 상관없이
또 펼쳐집니다

인생길은

외나무다리를 건너는 것처럼
한순간도 방심할 수 없습니다

앞서가신 조상님들은
더 척박한 여건에서
이 길을 걸어가셨습니다

그 분들의
인생 여정 길에도
달님은 함께해 주었습니다

달님
길을 잃고 방황하는 나그네의
밤길을 밝혀 주시고

정화수 떠 놓고 가족의 무탈 비는 가녀린
여인네의 기도를 부디 외면하지 마시고

다리 밑에서 날개 접고 긴 밤
지새우는 산비둘기 벗이 돼 주시고

외로운 밤 숲속을 지키는

낙락장송 친구가 돼 주시고

논밭의 곡식이 자라는 데
도움을 주소서

달님
언제나
은은한 달빛으로
길을 열어 주시고
지혜를 밝혀 주세요

겨울

11월 폭설

11월
유례없는

밤중 폭설로
발은 푹푹
차는 엉금엉금 조심조심

나무는
두꺼운 눈송이 쌓여
뚝뚝 가지 부러지는 소리

엊그저께
불타던 만산홍엽(滿山紅葉)
어데로 가고

하늘 주인님의
멋진 연출 솜씨로
은빛의 산천 펼쳐져 있구나

인생 여정 길에서도
급변할 때 조심하라

급커브 길을 돌 때
갑자기 재물이 모일 때
감투가 갑자기 변할 때

환호에 자만하지 말고
고난에 좌절하지 말라

그런데
주인님

급변하는 지구 그림 연출한
이유라도 있으신가요

혹시
하늘에서 본
멋진 그림 그리시면
지구로 한 장
보내 주세요

물의 여정

강물이 끝나는 끝에서
물은 바다에 몸을 던지고

노 젓는 돛단배를 밀어 주고
물고기 목을 적시고

청명한 어느 날
하늘로 비상할 꿈을 꾸다가
정든 고향 품 떠나
하늘로 올라가니

유유자적(悠悠自適) 구름 속에 노닐다가
연(緣)이 화합하여 눈이 되고

떨리는 가슴 부여안고
바람에 몸을 맡기니

아래로 아래로
오솔길 옆 오두막집 지붕이구나

거울

촛불 켜고 소원 비는 소녀의
간구하는 기도 소리를 들으며

지붕을 눈 이불로
포근하게 감싸주고

날이 밝으면
석별의 정을 남기고

햇살 한 줄기에
눈은 물이 되어

바다의 본향(本鄕)으로
길을 재촉하리라

마음 어데 있을까

마음은
어데 있을까

호수 같은 마음
파도치는 마음
애타는 마음
그리운 마음

이제까지
나를 이끌어 왔고

오늘도
가야 할 곳을 가리키는 마음

누구를 만나고
무엇을 선택하고
어데로 가라고
시시각각 알려주는 마음

어제는 애타게 보고 싶던 그 님도
오늘은 안 보고 싶은 그 마음

어제는 온 세상이 빛나는 봄날이다가
오늘은 비바람 몰아치는 우울한 그 마음

오늘도
그 마음을 알기 위해
많은 이들이 길을 나선다

마음을 찾으면
제왕이 부럽지 않다는 욕심으로

그 마음
어데 있을까

눈의 작별

눈은
순백의 눈이고 싶은데

눈은
고요한 산하에 멋진
동양화의 그림이 되고 싶은데

눈은
나뭇가지 위의 포근한 눈이고 싶은데

눈은
스키 타는 눈길이 되어
애들의 다정한 친구가 되고 싶은데

눈은
더운 공기 한 줄기에
정든 눈을 떠난다

그리움을 삼키며

생존 경쟁

살아가는 것들의
생존 경쟁은
언제나 치열하다

끝없는
Input이 요구된다

밥이 있어야 하고
사랑이 있어야 한다

좋은 것
탐나는 것은
한정돼 있다

한발 앞선
쟁취가 있어야 한다

질주하는 기술 문명은
언제쯤

인생을 접어 가방에 담다

수요를 충족할 것인가

사과 같은 쌀
수박 같은 사과가 열리면
해결될까

다른 행성을 개발하면
해결될까

내 것보다는 우리를
경쟁보다는 양보를

과연
소망할 수 있는 꿈일까

사람의 탐욕이
깊이 똬리를 틀고 있는 한
불가능한 헛꿈에 불과할까

거울   155

진실

우물 안에서 본 하늘이
세상 전부라고 아는 개구리

땅에서 쳐다본 하늘이
세상 전부라고 알았던 조상님

태양계가
세상 전부라고 알았던 조상님

은하계가
세상 전부라고 알았던 조상님

여러 은하계가 있다고 밝혀지는
현 우주관

아직 알지 못하는 진실이 또 있을까

사람은
자기가 아는 지식을 가지고 판단한다

　　　　　　　　　　인생을 접어 가방에 담다

그 지식에 오류가 많다면
사람은 얼마나 많은 잘못된 판단을 하며
살아가는 것일까

우물 안 개구리들이
세상을 가지고 논쟁을 한다면 누가 이길까

우물에서 본 하늘이 전부라고
주장하는 개구리

우물 밖으로 나가면 더 큰 세상이 있다고
주장하는 개구리

우물 밖으로 나가도 세상을 다 볼 수 없다고
주장하는 개구리

겨울은 인고다

겨울은
인고의 계절이다

인고의 군대는
찬 서리로 오고
추위로 오고
눈으로 오고
앙상한 가지로 오고
언 땅으로 온다

인고의 시간은
길고
모질다

겨울은
준비의 계절이다

준비의 전위 부대는
남녘 바다에서

인생을 접어 가방에 담다

봄바람 맞이를 준비하고

눈 속에서
매화 향기 준비하고

언 땅속에서
잡초의 부활을 준비하고

들녘에서 농부는
땅심을 키워 풍년을 준비한다

산들바람 군대가
서서히
대지를 점령하고

고난의 추위
물러가면서

생명이 약동하는 산하에
봄이 기지개를 켠다

오늘 걸어갈 길

사람은
정해진 운명의 길을 갈까
백지 위에 자기의 의지대로 그림을 그리며 살아갈까

전자를 믿는 사람도 있고
후자를 믿는 사람도 있다

자동차나 기차는
정해진 길을 간다
노선을 벗어나면 사고다
도착지는 정해져 있다

공중에 종이비행기를 던지면
던지는 힘과 바람에 따라 도착지가 달라진다

정해진 운명의 길을 간다면
나의 동의 없이 이 세상에 왔고
인생 여정도 정해져 있다는 운명론이 된다

인생을 접어 가방에 담다

부자로 사느냐

가난하게 사느냐

인생의 고난과 성취 등이

미리 정해져 있다고 본다

인간은 묵묵히 그 길을 걸어갈 뿐이다

백지 위에 자기의 의지대로

인생 그림을 그리며 산다고 보면

인간의 자율적인 의지에 의해서

주체적으로 살아가는 것이다

이 경우

탄생부터 금수저, 흙수저로 차이가 있고

개인 간에 재능의 다소(多少)가 있는 상황을

설명하기는 어려워 보인다

혹시

제3의 길이 있지 않을까

주요한 인생길은 정해져 있더라도

고정불변이 아니어서 자기의 의지와 노력으로

새로 개척할 수 있다는 시나리오

겨울

나의 오늘 걸어갈 길은

정해져 있을까

아니면 백지상태일까

인생을 접어 가방에 담다

부조화(不調和)

비는 내리고
그 사이 구름은 지나가고
빗방울에 내리쬐는 햇살

찬 서리 내려 낙엽 떨어지고
앙상한 나뭇가지에 눈 내리고
홀로 나부끼는 나뭇잎 하나

빛나는 용모에
휘날리는 눈부신 옷자락에
품격 낮은 언행

청춘으로 젊음은 넘치는데
기상과 기백이 시들고
절도 없는 언행

곡식 창고는 그득하고
부자로서 자랑하지만
배고픈 이는 모른 체하는 인색함

거울

천군만마 거느리는 장수건만
수신제가치국평천하 기본에서
가정사로 가끔 소란할 때

내리기 전에

인생 무대의 막이 내리기 전에
종료의 호루라기 불기 전에
퇴장하라고 하기 전에

촛불이 꺼지기 전에
땅거미가 내리기 전에
무대 조명이 나가기 전에

꽃잎이 지기 전에
봄날이 가기 전에
막차가 떠나기 전에

무대 커튼이 내려오기 전에
인생 피니시 라인을 넘기 전에
인생 열차 종착지에 도착하기 전에

늦지 않게
후회 없이

첫눈

첫눈이 내린다
밤하늘 어둠속에서
속속 땅으로 낙하한다

오랜만에
눈 동화 나라를 꿈꾼다

일부는 내리자마자
곧 녹아 물이 된다

너는 변신의 귀재로구나

사람은
너처럼 환경에 변화를 잘하면
칭찬받기도 하지만
비난받기도 한단다

눈
너의 영화(榮華)는

인생을 접어 가방에 담다

내리는 짧은 시간이구나

너의 고향 물로 돌아가는 것이니
너무 애달파 말아라

사람도
언젠가
본향(本鄕) 땅으로 돌아간단다

눈아
다시 변신하여
하늘로 올라가
언젠가 눈이 되는 날

다시 만나자꾸나

자연의 일부

산천(山川)은
고요하다가

가끔
천둥 번개로 요란하고

인간 세상도
무난(無難)하다가

가끔
소란스러운 것은

자연의 일부이기 때문일까

인생을 접어 가방에 담다

버려진 땅

사람에게
얼마만큼의 땅이 필요한가
물음에

누군가는
묻힐 무덤만큼의 땅이 필요할 뿐이라고

오늘도
지구에서
땅 뺏기 싸움은 계속된다

국가 간의 땅 뺏기 싸움
개인들의 땅 차지 싸움

국가 간의 땅 뺏기 싸움은
치러야 할 희생이 만만치 않다

땅에 발을 디디고
땅으로 나온 곡식으로 살고

결국 땅으로 회귀하는
땅은 생존의 토대다

인구가 늘어날수록
1인당 잠재 땅 평수는 점점 줄어든다

그런데
지구에는
잘 거들떠보지 않는 땅이 많다

사막
황무지
민둥산

땅 뺏기 싸움 그만하고

버려진 땅을
옥토(沃土)로 만들 방안에
힘을 모으면 어떨까요

옥답도 처음부터 기름진 땅은
아니었으니

낙엽 하나

낙엽 하나
또 하나

어제 하나
오늘 하나

어미 나무 밑에
뿌리 위에

쌓이고
또 쌓이고

추위 오기 전에
눈 오기 전에

어미 나무 곁에서
옹기종기 모여서

지난 시절 추억하며

소곤소곤

별빛 쳐다보며
꿈 하나 또 하나

어미나무 따뜻하게
이불 하나 또 하나

엄마 고마웠어요

자식 같은 나뭇잎을
바람에 떠나보내고

앙상한 가지로
모진 추위를 견디는 엄마

부디
겨울 잘 견디세요
우리가 응원할게요

내년 봄
산들바람 불어올 때

　　　　　　　　인생을 접어 가방에 담다

푸른 잎 싹 트거든
다시 만나요

영웅을 그리며

천하를 호령한
천하 영웅(天下 英雄)이

마지막 눈을 감으며

백만 군사의 함성 소리와
창 부딪히는 소리와
마차의 힘찬 전진 소리와

대지를 흔드는 말발굽 소리와
제국의 펄럭이는 깃발과
휘날리는 눈보라를 헤치고

캄캄한 어둠을 뚫고
강을 건너고
산을 허물어뜨리고

승리의 함성 소리와
패전의 쓰라린 신음 소리와

해는 저물고
세월도 영웅을 비켜 가지 않으니

불현듯
스러져

회한의 눈물
한 방울

저무는
역사의 갈피 속에
고이 잠들다

빛남은

빛나는 별빛도
언젠가
스러지고

빛나는 설부화용
세월에
주름이 스쳐 가고

빛나는 사랑의 맹서
시간이 흐르니
퇴색하고

빛나는 꽃잎은
이윽고
시들고

빛나는 무엇은
쇠퇴의 신호탄이다

인생을 접어 가방에 담다

슬픈 일

날개 꺾인 새
벌 나비 없는 꽃
꿈꾸지 못하는 청춘

주군 못 만난 재사(才士)
답장 없는 연서(戀書)
먼지 쌓인 새 책

편지 없는 우편함
쌀 없는 쌀독
다리 부러진 의자

현실 없는 이상(理想)
부르지 않는 노래
용맹 없는 군인

비판 없는 언론
목적지 없는 항해

바람

방금
옷깃을 스쳐 가는 한 줄기 바람이여
청량하고 향긋한 그대는 어데서
오는 길인가요

혹시
사막을 건너고 푸른 바다를 건너
달려오는 길인가요
태산준령을 넘고 강과 들을
건너오는 길인가요
고향의 마을을 구경하고
여러 촌락을 지나오는 길인가요

사실
비호같이 빠른 그대가
어데서 왔는지가 그리 중요할까요

인간 세상은
고향이 어디냐고 따지는 사람이

인생을 접어 가방에 담다

종종 있지만 의미 없는 일이 아닐까요

바람아
그대의 한 호흡에 생명의 숨결이
달려 있음은 누구나 알고 있다
숨 쉴 수 없는 공간에서 그대의 한 줄기
신선한 바람은 생명의 조건이요
금은보화보다 소중하다
날짐승 들짐승과 산의 나무도
그대가 있으니 살아갈 수 있다

바람아
때로는 폭풍우 휘몰아치는
무서운 기세로 올 때도 있고
때로는 산들대는 봄바람으로
다가올 때도 있다
사람들은 봄바람처럼 부드러운
그대가 더욱 그립단다

바람아
그동안 그대의 귀중함을 깜박하고
살아온 것 같다

사람은 돈을 주고 사는 물건은 소중하게
여기지만 공짜로 얻는 것은 간혹 그런 일이
있으니 양해하기 바란다

이제 여기를 떠나 먼 곳으로
여행하는 바람아

더욱 유용한 활약 기대한다
바람이 필요한 모든 곳에
빨리 달려가서 사람을 살리고
산천초목을 푸르게 하여 다오.

바람의 덕을 그리며

천하 세계 만물 중에
눈에도 안 보이고
손에도 잡히지 않지만
생명이 있는 곳에 그대 있어야 하니
사람들 있는 곳에 그대 있으니
그대는 하늘의 선물이요
인류의 보물이도다

바다여

바다여
그대는 경외의 대상입니다
생명의 탄생지입니다
생(生)과 사(死)가 늘 함께 있습니다

바닷물이 하늘로 올라가니
비가 되어 대지를 적십니다
육지의 물은 더러운 물이라도
바다가 품고 정화시킵니다

바다여
아침에 수평선에서 찬란한 여명이 밝아 오면
만물은 생기를 되찾고 하루를 시작합니다
수많은 물고기들 고향으로 사람들은
그대가 길러 낸 생선으로 살아갑니다

어릴 적 끝없는 바다 너머에는 미지의 세계가
있으리라 꿈꾸고 동경하며 살아왔습니다
아직도 그대의 깊은 심연의 속살은

미지의 세계입니다

바다여
그대 안에는 항해하다 가라앉은 많은 배들의
잔해와 영혼이 잠들어 있습니다
어느 어촌에나 부모님 봉양하던 어부의 배가
풍랑으로 침몰하여 그 가족들의 눈물과 한이
서려 있습니다
아침에 나가 저녁에 돌아오지 못한 어부의
여인네의 회한과 눈물이 뿌려져 있습니다

바다여
해가 서쪽 하늘을 붉게 물들이고
만선의 배들이 포구로 돌아오면
그대의 고단한 일과도 서서히 끝납니다
자비로움과 엄격함과 무서움을 같이
가지고 있는 그대는 인류의 삶의 터전이요
삶의 개척 정신을 불러옵니다

바다여
오늘도
힘차게 솟아오르는 붉은 태양

인생을 접어 가방에 담다

물고기들의 힘찬 유영
해변가의 찰랑대는 파도 소리를 그려 봅니다

바다여
그대가 없으면 인류도 생존할 수 없습니다

어머니 품 같은
넓고 자애로운 모습으로
언제나 인류와 함께해 줄 것을
간구합니다

다시 봄을
기다리며

봄 기다림

봄이 휘돌아오는 길목에
봄 마중 나간다

봄이 길을 잃어
헤맬 수 있으니

봄은
남녘 먼 바다에서
밤낮을 지새우며
뭍을 향해 오고 있다

봄은
하늘에서
산들대는 공기 입자들이
구름 타고 오고 있다

봄은
언 땅속에서
흙을 밀어 올리며

파릇파릇 오고 있다

봄은
윗마을 작은아씨 가슴에
부푸는 사랑의 연정으로
오고 있다

이 땅의 모두는
그대를 고대합니다

꽃 한 송이 들고
포구에서
그대를
기다립니다

인생을 접어 가방에 담다

인류는 노래 부르리

세계에
초인적인 지도자가 나타나
세계를 통합하고
평화의 주춧돌을 세우는 날

세계 백과사전에서
전쟁의 단어가 삭제되는 날

세계가 보유한 핵 무력과 무기가
호미와 쟁기로 변하는 날

암 백신이 확대되어
인류가 암 공포에서 해방되는 날

태양이나 핵융합으로 무궁무진한
청정에너지를 얻게 되는 날

폐플라스틱 폐비닐 등이
쓰레기 목록에서 사라지는 날

각국의 국경선이 지워지고
자유 왕래 하는 날

세계 사막 황무지에 울창한 숲을 조성하여
황사가 없어지는 날

1년 다모작(多毛作) 품종 개량으로
인류의 배고픔이 해결되는 날

제2 거주 행성이 개척되어
지구인이 이주하는 날

하늘은 꽃비 내리고
바다는 춤추고
산은 쪼개지고
꽃의 향기 휘감고
인류는 노래 부르리라

인생을 접어 가방에 담다

유혹의 가시

눈 덮인 산하를 걸어갈 때
조심하라

걸어온 길이 눈에 덮여
돌아갈 길 잃을 수 있으니

눈 덮인 산하를 걸어갈 때
조심하라

순백의 미(美)에 취해
낭떠러지로 떨어질 수 있으니

눈 덮인 산하를 걸어갈 때
조심하라

눈 쌓인 가지 와지끈
떨어질 수 있으니

세상의 눈부신 길을 걸어갈 때

다시 봄을 기다리며

조심하라

현란함에는 안 보이는
함정이 있을 수 있으므로

인생을 접어 가방에 담다

매화에게

눈보라 헤치며
추위를 견디는 매화야

밤이 내리면
외로움을 삼키는 매화야

살랑거리는 봄바람
기다리는 너의 간절함을
모르지 않으니

봄소식을 일찍 알리고픈
너의 욕심을
모르지 않으니

조금만 기다려 다오

봄이 너를 부를 때까지
봄바람이 너의 볼을 스칠 때까지

다시 봄을 기다리며

인고의 시간이 길면

향기 더욱 짙고

고난이 크면

더욱 사랑받으리니

　　　　　　　　　　　　인생을 접어 가방에 담다

그 날이 오니

수렁에 빠진 사람이
수렁에 빠진 사람을
구조하는 날이 오고

노래를 듣는 사람이
노래를 불러 주는 사람이 되고

눈물 흘리는 사람이
눈물 흘리는 사람에게
위로가 되고

세상을 이해 못 했던 사람이
세상 물정 알게 되는 날이 오고

나만 알았던 사람이
모두를 배려하는 날이 오고

은혜 받은 사람이
공덕 베푸는 날이 오니

한 걸음 더

인생을 밀고

나아가 보라

인생을 접어 가방에 담다

어디에 있을까

오늘
창살을 비추는 햇빛은
내일은 어디에 있을까

오늘
눈 덮인 나뭇가지 위의 눈은
내년은 어디에 있을까

오늘
흘러가는 저 강물은
10년 후 어디에 있을까

오늘
단꿈을 꾸는 저 청춘은
100년 후 어디에 있을까

오늘
창밖의 고요한 산하를
굽어보는 나그네는

다시 봄을 기다리며

천 년 후 어디에 있을까

인생을 접어 가방에 담다

흐르는 시간

은하수는 흐른다
시간은 흐른다

인생은 흐른다
역사는 흐른다

흐르는 시간에
금을 그어

어제가 되고 내일이 되고
구년(舊年)이 되고 신년이 된다

별빛은
태양은
달빛은
무심한데

사람만
요란하구나

다시 봄을 기다리며   199

당신 차례

인생 여정 길에서
운이 없다고 한탄하지 마라
행운의 여신이 이제 막 잠에서 깨어나
당신을 찾고 있을지 모른다

인생 여정 길에서
좋아한 님은 다 떠난다고 실망하지 마라
진정 예비한 님이
당신을 찾아오고 있는지 모른다

세상 살면서
바람 분다고 투덜대지 마라
그 바람이 만물을 소생하는
봄바람일 수 있다

세상 살면서
걸어가는 길이
자갈밭이라고 눈물 흘리지 마라
이제 포장도로의 시작일 수 있다

인생을 접어 가방에 담다

세상 살면서
정상이 안 보인다고 좌절하지 말라
이제 저 산 넘으면
빛나는 정상의 깃발이 펄럭일 수 있다

이제
고생한 당신 차례다

이제
한 발짝 뒤에
행운의 신이 기다릴 수 있다

인생의 성취에는
피니시 너머
한 걸음이 더 필요하다

작은 꿈

그대여
작은 꿈을 꾸어라
큰 꿈은 내려놓아도 좋다

솜털 같은 씨앗이 자라
아름드리나무 되고

빗방울 하나하나 모이니
시냇물 되고 강물로 흐르고

밤하늘 별빛 모여 모여
은하수로 흐르고

흙이 모이고 쌓여
태산준령 이루어 내는구나

인생을 접어 가방에 담다

잊지 말고

부자도 운이 다하면
가난이 도래하니
절약의 지혜를 잊지 말고

밝음이 지나면
어둠이 다가오니
어둠의 등불을 준비하고

젊음이 지나면
늙음이 기다리니
젊음의 가치를 소중히 하고

지극한 권세도
언젠가 내려와야 하니
힘의 절제를 해야 하고

인생 무대도 끝내
막이 내려오니
후회 없이 연기를 다하고

눈부신 꽃의 향연도

곧 끝나니

절정의 짧음을 알지어다

인생을 접어 가방에 담다

하늘도 무심하오

역사에는
종종
부당하게
억울하게
꽃다운 나이에
희생된 인물들이 있으니
가신 님들을 그리며

하늘도 무심하고
땅도 억울하오

불현듯
꽃잎 스러져
겨레 곁을 떠나시니

소쩍새도 울고
산천도 울고

하늘도 울고

다시 봄을 기다리며

땅도 울고

눈물은 빗물 되어
강물처럼 흐르고

한숨은 먹구름 되어
하늘을 뒤덮고

꽃은 지면
내년 봄 다시 돌아오건만

한 번 간
그 님은

어이 아니
돌아올 줄 모르니

어찌 아니
애달프다
아니 하리오

서리서리 쌓인 시름

인생을 접어 가방에 담다

바람에 날리고

하늘의 별이 되어
영원히 빛나소서

속보 경쟁

3일 뉴스 안 보면
바보 되고

3년 뉴스 안 보면
도인(道人) 된다는 말이
사실인가요

이기심과
탐욕에서 비롯되는
소란과 부조리는
끊임이 없고

이를 실어 나르는
상업적 미디어의
속보 경쟁은 숨 가쁘다

부정적 기운
하나씩 늘어난다

인생을 접어 가방에 담다

미담(美談)을
양보를
화해를
협력을
용서의 기사를

토해 내는
그 날이 오기를
고대하며

스승

내가 빠르더라도
상대가 더 빠르면
따라잡을 수 없고

내가 온 힘을 다해
성과를 내도
상대의 기대수준이 높으면
더 분발해야 하고

내가 진심을 다해도
상대의 오해가 있다면
나를 더욱 돌아봐야 하리라

모두는 각자
자기 문틈으로 세상을 보는 것이니

더 큰 창문으로
더 멀리 보는 이가
높이 오른 자의 어깨에 올라

인생을 접어 가방에 담다

더 높이 보는 이가

어찌 없으리오

자유

너는 얼마나 빛나고 고귀한 것이냐

새장 속의 살찐 새보다 창공을 박차고
날아오르는 새가 더 행복할까
행복은 알 수 없어도 나는 새의
자유로움은 느낄 수 있다

"자유가 아니면 죽음을 달라"
　　　　　　- 패트릭 헨리

인류 역사에서 자유의 길에 뿌려진
피와 눈물은 역사 그 자체라고 해도
과언이 아니다

간섭받지 않고
자유 의지대로
행동하고 말하고
표현한다

인생을 접어 가방에 담다

자유의 꽃인 투표권으로
권위주의 체제를 무너뜨리고
자유와 평등의 민주주의가 다가온다

자유는 무한대로 주어져야 할까
사람은 너무 많은 자유를 누리면 오히려
불안감과 결정의 어려움을 가진다고 한다
조직이나 국가에 귀속함으로써 일정한 자유의
제한을 당하고 안도감을 가진다는 것이다
(에리히 프롬, 《자유로부터의 도피》)

오늘도 경제적 자유를 얻기 위해 자유를
일부 반납하고 조직에서 헌신하는 현대인
납세 의무 등 국민으로서의 의무를 묵묵히
지면서 자기 결정권을 일부 내려놓고
국가에의 보호를 기대하는 현대인
무한의 자유는 그만큼의 책임이
수반되니 자발적 조절이 아닐까

자유의 꽃나무는
적당한 햇빛과
적당한 수분과

적당한 바람으로 잘 자랄 것이다

오늘도
자유의 공기를 마시고
자유의 언어를 고르고
자유의 밥을 먹고
자유의 숨을 쉰다

자유
너는 빛나는 무엇이되
남용은 자제되기를 희구한다

자유의 바다에서
자유의 돛배를 노 저어
자유의 항구를 찾아
자유의 항해를 계속하리라

인생을 접어 가방에 담다

무명(無名) 철학자님 말씀

못 배우면
압박 분함 설움밖에 없다

모든 것은 때가 있으니
그 때를 놓치지 마라

사는 것이 내 세상이다

사는 것은 고생이다
마음 편안함이 첫째다

공든 탑은
안 무너진다

가르치는 일은
신성한 직업이다

불량한 짓 하지 마라

늙어도 마음은 청춘이다

길에 나서면
눈이 옆에도 있어야 하고
뒤에도 있어야 한다

건강이 최고다
건강 잃으면 아무 것도 없다
건강을 위해
금연하고 절주하라

인생을 접어 가방에 담다

기도

내일도
걸어갈 인생 여정 길에서

진실로 보이는 허위의 길
화려하게 보이는 낭비의 길
포장도로로 보이는 자갈길

결단으로 보이는 독선의 길
승리로 보이는 패착의 길을 들어서는
우(愚)를 범하지 않도록 하시고

고난의 길에서
견딤의 용기를

생각이 다를 때
포용의 아량을

어려운 이웃에게
눈물 한 방울의

자비의 마음을 갖게 하시고

사막의 길을 걸을지라도
오아시스의 희망을 갖도록 하시고

젊을 때 늙음을 대비하고
부유할 때 가난의 절약을
밝을 때 어둠의 등불을
힘 있을 때 힘의 자제를 잊지 않게 하시고

인생 여정 길에
신의 가호
한 자락 있기를 기도합니다

인생을 접어 가방에 담다

인생을 접어 가방에 담다

ⓒ 윤광일, 2025

초판 1쇄 발행 2025년 3월 10일

지은이   윤광일
펴낸이   이기봉
편집   좋은땅 편집팀
펴낸곳   도서출판 좋은땅
주소   서울특별시 마포구 양화로12길 26 지월드빌딩 (서교동 395-7)
전화   02)374-8616~7
팩스   02)374-8614
이메일   gworldbook@naver.com
홈페이지 www.g-world.co.kr

ISBN   979-11-388-4043-9 (03810)